KB248701

시작 시인선 0028
나무 비린내

찍은날  |  2003년 4월 20일
펴낸날  |  2003년 4월 25일

지은이  |  김영준
펴낸이  |  김태석
펴낸곳  |  천년의시작
등록번호  |  제10-2385호
등록일자  |  2002년 5월 16일

주소  |  서울 종로구 도렴동 115번지 삼육빌딩 310호(우 110-051)
전화  |  02-723-8668
팩스  |  02-723-8630
홈페이지  |  www.poempoem.com
전자우편  |  webmaster@poempoem.com

ⓒ김영준, 2003. printed in Seoul, Korea
ISBN 89-90235-27-8

값 6,000원

• 잘못된 책은 바꾸어드립니다.
• 지은이와 협의에 의해 인지는 생략합니다.

시작  시 인 선 0 0 2 8

# 나무 비린내

### 김영준 시집

2003

自 序


길을 물었다.
나무가 제 몸을 비죽이 내밀었다가
곧 다시 잎을 떨군다.
발길 닿는 곳마다 낯설다.


하여, 모두에게 미안하다.

I

# 봄꽃

속 터지는 일이다

겨우내 단단하게 얼었던 눈물
그 아린 자국까지 쏘옥 빼놓는 일이다
하여, 빼곡한 자리마다 자궁 하나씩 심어두는 일

아 그런, 부끄러운 환장!

# 목어 되고 싶네

물고기 그 빈 속에 들어가 눕고 싶네

내 육신으로 그 빈 속 모두 채워주고 싶네

그런 나로 인해 허기를 메운 물고기가
다시 쓸쓸해지는 모습 보고 싶네

그 빈 속 저장된 내 육신 몇 날이고 부패하여
물고기 기름으로 재생하거나
점점점 썩어드는 구더기 장맛쯤으로 남는 걸 보고 싶
네

하여, 그 물고기 바람 데불고 하늘을 마구 날아다니는
그런 꿈 꾸고 싶네

# 샛령 오르며

떼어 놓고 생각할 수 없는 것
나무와 물
풀뿌리와 벌레, 그들의 울음 소리
길과 돌, 뭐 그런 것

나무의 푸른 풍경 소리와 상처 같은 새들의 옷자락이
라든가
푸른 수액 끝에 묻어나는 業이 된 그리움과
오를수록 멀어지는 오르가슴
뭐 그런 것

샛령 오르며
그런 생각을 했다

생의 사이사이에 놓인 부러진 갈잎 사이로
가을 그림자만
안개처럼 떠오르고
물길 따라 한 여자 흘러간다

나는 여름내 묶여 돌이 된 핏줄을 끌고

인적보다 먼저 산을 오른다
굴참나무 피부가 더더욱 하얗다

# 몰운대

이 곳에 서면
뛰어내리고 싶은 마음에 몹시 망설이게 된다
몇 해 전엔 그게 분명 아니었는데
그 몇 해 후엔 이렇게 바뀐 마음이다
펄떡이거나
폴폴이거나
훨훨, 펄럭이거나
아니면 주르륵, 그리고 픽
그런 의태(擬態)로, 그런 의성(擬聲)으로
온 세상 내 품에 안을 듯, 안길 듯

바위 위를 서성이며 두 바퀴 돌았다
세 바퀴 돌 때쯤
커다란 새 한 마리 제 먼저 곤두박질치고 있다
소리 한 점 남기질 않는다
황홀일까 고요일까
돌 속에 새 그림자 여럿
파편처럼 박혀 있다

# 태백 생각

내가 저 몸 깊이 들어가면 무엇이 될까
물 아니면 화석
온몸 가득 불지르고 난 후
재로 남아 다시
물이거나 나무가 되어가는 일은 가능한 것일까
그런 생각
버리고 나면
다시 그대 품 깊은 곳일까
그런 생각

설악

당신은 개울에서 빨래를 하고 있었습니다
자질구레한 옷가지부터
마음을 허허롭게 만들던
낯선 기억과 마음까지 말입니다
이제 때처럼 절은 신경질도
물이 되었습니다
더욱이 아침에는 보이지 않던 산이
이 저녁에 이르러서야
콸콸,
소리를 내며 산이 되었습니다

# 숲에서 생각함

죽음도 저같이
풀벌레 울음소리이거나
작은 개울물소리이거나
먼 데서 밀려오는 바람소리이거나
혹은 너무도 어두워 어둡지 않은 밤하늘이었으면

하는 생각 중에
비 내린다

죽음도 저같이
고추나무 말채나무 국수나무 쉬나무 같은
이름으로만 남을 수 있다면
작살나무 층층나무 귀룽나무 같은
이름으로 떠돌아 일일이 기억되지 않는다면

하는 생각 중에
어디선가 새 한 마리 할(喝), 짖고 간다

# 진부령

길은 아무데서나
자신을 풀지 않는다
풀고 나면
길이 보이지 않기 때문이다

북천강도 결국
이 노동에서 한 치의 벗어남 없이
한 치의 뒤섞임 없이
자신의 물살을 끌고 간다

오늘은 그 동안 마구 풀린 옷자락 버리고
하나의 길과
하나의 물이 만나는 산을
바라보고 싶다

# 이 가을 나무는 무엇을 하는가

나무가 제 몸에 새집을 짓게 하는 일은
앉아 열반하는 큰스님의 일에 도전하는 일처럼 보인다
아니, 나무의 이 짓이
자기 속을 모두 발가벗기고 껍데기만 남기고자 하는 짓이
한두 해 때 일이 아니고
바람처럼 수천 수만 년 되새김하여 온 일이므로
큰스님의 열반은 그 뒤의 그런 흉내임이 분명할 터이다
저 새는 지금 제가 하는 일이 무엇인지 모른다
나무가 어떤 경우에도 체위를 바꾸지 않는 이유와
어떤 일에도 제 몸의 상처에 개의치 않는 이유를
그 뜨거운 침묵의 발정을 모른다
가지에서 잎이 떨어진다
뭇 생명이 기립할 자리를 만드는 중이다

# 나무는 나무로만

내가 그를 하나의 나무로 보았을 때는
마을 건너편 노을이
자신의 이름으로 맹세하는 때였다
길 옆 시내로 물이 몰려가고
바람 한 낱 슬며시 바람을 타고
먼 곳, 스물의 나이로는 보이지 않는
작은 어둠을 만지고 있을 때였다.
그 나무 위로 세상의 꽃잎들 날아가고
날아가 나무의 빛이 되고
간혹 하얀 길이
잇몸을 드러내고 있었다
나무는 나무로만 나부끼고
흔들리는 세상 쪽에서
온갖 새들이 짐승처럼 날아들고 있다

# 남대천

이 곳의 여자들은 습관처럼
알을 낳는다
물의 사생아
이 곳의 돌만이 물을 낳고
드디어 그 물이 물을 불러들여
알을 만든다

남대천 어느 곳이든
바람 스친 자리마다 수천 년의 물비린내 풀리고
물가 어딘가에서 꽃이
튀어 오른다

이제
나무들, 그들을 품고 잠시 졸고 있는 사이
겨드랑이에서
은어 같은 사람들 걸어 나온다

# 동면(冬眠)


12월 진부령 길을 오르다가
짐승처럼 한겨울을 나기 위한 자세로
검붉은 박쥐의 자세로 바위틈에 거꾸로 매달린
나무를 보았다, 그래 그건 나무였다

그렇구나
나무도 동면을 하는구나

무척이나 낯선 듯한 기억을 한참 더듬고 나자
뒤통수가 갑자기 환해졌다
이제야
동안거보다 더 환하게
겨울 물소리보다 더 선명하게 나무들이
떼지어 죽는 이유를 알겠다

명멸하면서도 그들의 가슴 한 구석 폭발하는 오르가슴
이
묵묵히 때를 기다리고 있는 까닭과
저 나무의 적멸의 잠이 아직도 그리워하는 일이 있다
는 것

그 후 제 체온만큼이나
낮은 자리에 닿고자 하는 그런 계절병

그래 그렇구나
나무도 이 겨울 동면을 하는구나

# 어느 봄날

아직은 얕기만 한 볕 받으며 산을 오른다
눈 닿는 곳곳마다
앞가슴 훌떡 드러내고
남대천 건너편
산은 지금 수유 중이다

부끄럼 하나 없이
제 살점일 수밖에 없는 물기 젖은 나무들 품에 끼고
그렇게 열중이다

내 눈 속 선명한 짝젖이어서 더 친근한 봉우리마다
어느 새
오르르오르르
피가 돌고 있다

그래, 봄이다

木魚

내 등짝에 심은 나무에서 물소리를 듣는다

짓눌릴수록 더 큰 물소리

아릴수록 더 묵직한 그리움

業!

# 눈 오는 날

영월行


눈물이 마디마디 아프도록 맺히는 까닭이
결코 첩첩한 바람 탓이 아니라는 걸 알게 되었네
골골 휩쓸며
한밤내 먼 울음처럼 쏟아진 눈 때문이었지


산다는 게 얼마만큼은 그리움이라는 걸
하여, 그리움도 때론 나무의 잠에 감추어 두는 일이라
는 걸
캄캄한 듯 기억해 낸 것은
동강 서강 가득 메운 눈송이들
강물 속에 제 몸 뒤섞고 있는 지금이었네


그런 후 나는
저 강물 모퉁이에서 오래도록 퇴적하는
겨울새를 보고 있었네

# 수해(水害)


물은 수천 세월
제 몸짓과 제 뜻으로 물비늘 끌고와 쓸고 닦았던
제 길을
삭고 삭은 추억의 힘으로 찾아간 것뿐이야
우르렁우르렁 너울너울 어울렁더울렁
비린내 떨어진 자리에 누워 그렇게 춤추고 몸 달뜨며

그래, 그러니 물을 탓할 일만은 정녕 아니겠지

# 어성전 가는 길


일제히 돈오점수(頓悟漸修)하는 저 나무들 보면
사람이 미물인 까닭을 조금은 알 것 같은데

수리 도리 돌아 어성전 가는 길
봄이 왜 봄이고
봄산은 왜 봄산이라 하는지

저기 버즘처럼 버즘처럼 산벚 피는데
온 산마다 바람처럼 일어서 나무(南無) 나무(南無) 하는
데
첩첩이 골 깊은 이 길을
나는 도무지 읽어낼 수 없네

그리움도 이만 같아서
낯설거나 막막한 것일까 하는 생각

# 함박나무 그늘 아래서

함박나무 꽃 그늘에 앉아본 적이 있는지
그 그늘의 한 소절에 기대어
익숙한 노래를 불러본 적이 있는지

그 어느 때던가
함박나무는 마약 같은 이름을 지녔다고 생각했지
함박꽃 함박꽃 하고 웅얼거려 보면
그 그늘에 뿌리 깊은 무덤처럼 몸 눕히면 알지

그리움도 사실
산맥처럼 단단한 이름이었음을
하얗게 숨 죽이며 입적(入寂)하는 새였음을 알지

# 빈 집

나는 나를 떠나고 있네
오래도록 익숙했던 것들로부터
오래 전에 뱉어 낸 오물 같은 농약과
낡은 신문의 거친 말들과
그렇게 떠나며 나를 잊고 있네

저 언덕은 지금 무얼 꿈꾸고 있을까
들판과 노을에 잠긴 돌다리와
작은 새의 퍼덕임에도 흔들리는 이파리와
아직 어린 사람들은
또 무엇을 기다리고 있는가

바람이 하루치의 눈물을 끌고 가는 동안
마음을 온통 비워둔 채
그대는 또 어디로 가는가

나는 나를 버리고 있네
먼 산녘 흐르며 흐르며 뒤척이는 물질로
감잎에 떨어지는 늦은 햇살처럼
그렇게 떠나고 있네

# 어떤 꿈

몸 넘고 싶다
물 너울 흐름 같은 그대로 몸 섞고 싶다
그래서일까
저 나무와 운우지정(雲雨之情)으로 몸 섞으며
모든 물이랑이 그러하듯 한참을 수액 주고받으며
그렇게
오랜만에
그렁그렁한 눈물도 핥아준다

달빛도 어지간히 저문 새벽께였을 것이다
화면 가득한 빈몸들 어느덧 뜨거움에 젖어  있고
저 산의 푸른 대가리만 홀로 우뚝 할 뿐
나무는 제 뿌리까지 슬프며
내 그리움의 속살만 저문 달빛 대신 푸르다

# 물구나무

몰운대
정상에는 제 몸 투신하여
머리를 쑤셔박고 절명한 나무가 있다
팔다리는 하늘을 향하고
머리통이 발 밑에 묻혀 있어 영락없는
물구나무이다
절멸한 그 나무의 몰골을 보면서
그가 생각한 생식과 죽음 사이에 무엇이 있는지
죽음의 순간 무얼 추억했는지
지금은 땅 속 깊이 자신의 키를 얼마만큼 키워댔는지
오늘 따라 묻고 싶어진다

갑자기 어지럽다
나도 저렇게 물구나무로 누울 수 있을까

II

# 후박나무 잎 지다

얼마나 아파야 저 잎 같을까, 생각하는 사이
후박나무 잎 지다
산그림자 오늘 따라 힘겹고
겨울이 집 잃은 새처럼 다가오는 동안
나는 아무것도 아픈 게 없었다

후박나무는 언제부터 불쑥불쑥 피었다가
후두둑후두둑 사라지곤 했던 것일까

그 시작의 때를 잘 기억할 순 없지만
아마 내 사랑이 온몸 가득 물 적시고 있었을 것이고
지금은 저 들을 달음박질하는 바람이
그만의 온전한 힘으로 겨울의 길을 만들고 있다

후박나무 잎에 엎히면 나도 사라질 수 있을까

# 여물통 목어

도원 저수지 오르다가
지금은 여물통이 된 나무 물고기 한 마리 보았네
무심히 그 깊이를 들여다보다
아직 그 안에서 울음으로 헤엄치고 있는
물고기 한 마리를 발견했네

예전에는 소가 주둥이를 들이밀고 헤집었을
누구도 먹이통으로밖에 생각지 않았을 이것이
바로 물고기이거나
물고기 제 몸에 담고 둥둥 울었을 목어였다는 사실은
여물통을 뒤집어 보면 알 수 있네

절간 목어가 왜 여물통이 되었는지
그 앞에 서서 내가 왜 이리 숙연해지는지
깨달음이 왜 진정 밥이 되는 건지
여물통에 꾸벅꾸벅 머리를 조아리며
자꾸만 묻고 싶어지네

# 탱자나무

가을 하늘 멍멍히 쳐다보며 어느
낯익은 얼굴 생각하다
탱자나무 흰 꽃잎 뚜욱 뚝 떨어진 줄 몰랐다
탱자나무 엄청난 가시 속에
어느새
푸른 열매 들앉아 상처로 익어가는 줄
상처 새새마다
그리운 물길 배어드는 줄 몰랐다

오늘, 저 하늘
푸른 독(毒)으로 가득하다

# 나무묘(墓)

저 나무 몸 속으로 들어가
피가 되거나 살이 되거나 뼈가 되거나 하는
맑고 조촐한 죽음을 아는가

나무 몸 속에서 물길이 되기도 하고
바람이 되기도 하고
나를 다시 적당히 죽게 하는 독이 되기도 하는 그런 것

한데, 가능한 일인가
그렇게 저 나무로 다시 사는 일
저 나무의 잎으로 다시 피는 일

# 물고기가 되고픈 나무

더욱 아파야 하네
하여, 아프고 싶네
생의 껍질은 물론이거니와
속내까지 모두 내어주고
모든 허기와 허망으로부터 허허롭게 두들겨 맞으면서
켜켜이 스러지는 나무가 되고 싶네
그 나무의 뼈 으스러져 물소리로 유영하거나
물몸 가득히 초록으로 살 때까지
죽도록 아파야 하네

그런 후 먼 훗날
그리움도 사실 한 마리 나비처럼
물길 밟으며 온다는 사실 하나쯤 기억해 내고
하늘 훨훨
어기여차 떠다니는 물고기 되고 싶네

# 쓸쓸한 부처

박물관 앞뜰에서 흔히 만나는 얼굴 문드러진
얼굴 없는 부처를 보면
우리 삶이 쓸쓸하여 부처가 되는 게 아니라
실은
부처가 된 후 더 쓸쓸해진다는 것을
문득 생각하게 된다

어느 바닥에선가 이러저리 뒹굴다가
이곳 저잣거리로 모여들어서는
흘깃흘깃 이 사람 저 사람 눈짓을 살피며
눈두덩 퍼렇게 울지도 못하고 있다가
기어이 온통 얼굴을 문질러
자신을 감추어 두는 법에 익숙해지는 그런 것
생각하게 된다

열반에 이르면 저리도 쓸쓸해지는 걸까
결국 우리도
쓸쓸하여 부처를 찾는 게 아니라
쓸쓸해진 부처가 내 얼굴과 닮아 있어
찾아나서는 것이려니

# 아야진에서


이제야 조금 알 것 같네
쓸쓸함이 정말 오랫동안 내 몸 속 어딘가에
짐승처럼 웅크리고 있었다는 사실 말이네
방파제 끝에 서서
소리없이 내 몸마저 점령해 오는 저 물너울이
자폭하며 달려들어
이 곳에 닿아 작고 큰 비늘로 떨어지는 날이면 말이네

아린 몸뚱어리 끌고 이곳에 오면
어느 날은 남향하는 고래의 뒤척임 같은 슬픔과
어느 날은 갈매기 괜한 울음 같은 허덕임과
또 그런 전전반측 속에서
세상은 막무가내 조용할 뿐이고
내 몸이 향하는 시선은 내 몸뿐이네

이제야 조금 알 것 같네
튕겨 나뒹구는 물방울 속에 내가 들앉아
갈매기 발정난 울음으로
그 지독한 쓸쓸함의 깊이로 자꾸 침전하고 있음을

# 미시령을 넘으며

예전에 시내라는 대중 가수가 벗어나고파, 하고 목청을 높이던 때가 있었다 나는 그 노래를 벗어, 나, 고파, 하는 흔하게 말하면 끈적끈적한 잡음이거나 慾으로 듣곤 했다 아마 내 살과 뼈들이 상접하며 한 방향으로만 내달리고 있던 때였을 것이다 그리고 그런 욕망의 틈일수록 바람은 더욱 거세어지고 산은 언제나 제 키를 높이고만 있었다

오늘 모처럼 미시령을 넘는다 앉아 열반한 울산바위를 곁에 두고 세상의 것들과 다시 접하려는 마음과 거듭 싸우며 오르는 길과 내려가는 길 사이 무엇이 탈선이고 무엇이 본선인지 생각해 본다 그리고 이런 가출이 진정 아름다운 깨달음으로 자리바꿈하기에는 너무도 내 몸이 더러워져 있음을 새삼 발견한다

저기 저 산나무 오늘따라 더 높아 보이고 나의 가출은 결국 慾으로 되돌아 올 것임을 알겠다

# 가을 편지

불은 산에서만 타오르는 게 아니다

가을날 너에게 편지를 쓰며
빈 들녘과 빈 강물 모여들어서
새벽잠 들듯 슬며시
타오르는 것을 보았다

바람이 불자
나의 핏대는 언덕 위로 달아나 버리고
아주 낮은 물길들 모여
늦은 나뭇잎 하나
불태우고 있었다

세상 어디에서나
타오르는 건 산만이 아니었다

# 3월의 나무를 보며

나무는 가려운 뒤통수를 긁고 있다

이 거리의 마른 잠에서
깨어나
가벼운 물때 불러들이고 있다

입력된 자료처럼 봄은 오고
봄밤의 알몸 같은 바람도 불고 있다

그리하여 새들도
몽정의 꿈을 앓는 날
너는 그 두터운 외투로부터
벌레 먹은 성기를 꺼내고 있다

# 겨울산

어느 곳에 이르러 바람이 되랴

지느러미 달고 얼음장 밑으로 숨어든
눈향나무의
눈잣나무의 묵묵함으로도
아직 바람에 이르지 못했다

어느 곳에 이르러 산꽃이 되랴

얼굴이 붉은 사람과
노래 고운 이름들 소리쳐 불러도
아직 이 뜨거운 산길에 이르지 못했다

그러나
그대 지나온 길 끝으로 어둠이 밀리고
눈은 내리고
쌓인 눈 사이로 노래가 묻히자
드디어 전신으로 우는 산
어디선가 지느러미 파닥이는 소리 들린다
그 투명하고 고운 속내 보인다

아우야

# 큰 바다
 — 고성산성에 올라


정말 큰 바다를 보았네
그 사람 거기에 있었네
오랜 전설도 가슴 안으로 들어오면 절절해지는 것을
돌더미에 올라 알게 되었네

돌 틈에서 낮은 소리로 울먹이던 바람도
이 곳에선 큰 눈물이 되고
어디선가
어디선가 이파리 피우며 나비가 날아갔네

유배의 그늘 깊은 슬픔보다 먼저
동해로 흘러드는, 흘러
큰 바다 되는

그 사람 이제 보았네
그 큰 바다 이제 보았네

# 이 겨울의 일출

그대 자궁은 붉다
내 새끼들 그 안에 들어앉아 빨갛도록
울어대고 있기 때문이다
제 아비를 기억하지 못하고
세상의 푸른 나무도 아직 모르는 채
간밤내 안으로만 길러온
울음을 터뜨린다
대숲으로 미끄러지듯 새들이 날아가고
눈발이 먼 곳부터 내리기 시작한다

그리고 지금
바다의 차디찬 물길을 걸어나와
나무의 몸 속으로 조심스레 걸어 들어가는 그대의
그림자조차
붉게 하혈하고 있다

# 벗은 나무

나목이라는 말 대신에
나는 벗은 나무라는 말이 좋다
나목은 온통 굶주려 보이는 슬픔도 있고
어떤 땐 내 목을 어찌해 보겠다는 위협도 있어
결국 황량한 들판을 마구잡이로 끌려가는
느낌을 받곤 한다
그러나 벗은 나무는 깨끗하다
서러운 것들을 온통 면도질해 버린
그리하여 눈부신 그것!

오늘, 그 나무 속을 하염없이 파고들어
깊은 잠이 들고 싶다

# 봄비

투신하여 내 몸을 꽂고 나면
어느 만큼 지나
그 자리, 구멍마다
제 이름 달고 투항하는 풀잎
그렇게 온갖 것들이 일어서고 난 후
드디어 그 눈짓 속에 파묻히는
나무

3월 지나며
어디선가 잦은 꿈들이 뒤척이고 있는 것이 보인다
그 꿈 속에서
많은 이름들이 가방을 열고 나온다

# 울산바위

자신의 식솔들 거느리고도
그는 이 날까지
호령 한 번 없었다

관절마다 숨어든 나무들
옷자락 잔뜩 적신 채
침묵하고 있었다
그냥 그렇게 제자리 지키고 있을 뿐

어디선가 몇 그루의 새
그 품안으로
환하게 안겨들고 있다

묵묵부답!

# 푸른 여자

사적 제 376호*
그 야트막한 언덕에서 여자를 만나다
동경(銅鏡) 속으로
봄날 파릇한 꽃가지 하나 보다
꼭 그것 같이 생긴 흙그릇 들고
움집으로 홀홀 들어서는 그녀를 따라가면
언덕 위로 바람이 불고
꽃나무 사이로 버릇 같은 해가 지다
컴퓨터나 텔레비전 없이도
즐거운 날이다
땟물 가득한 움막에서 꽃향기 맡는 동안
앞물 물것들의 살빛을
온전히 예감하다

그렇게 푸른 여자와 지내고 돌아온 날
4월의 나무들이 저마다
이파리를 마구 피워내다


* 속초 소재의 선사 유적지

# 가을 나무

이 저녁, 나무는 제 몸을 붉게 적시고
물가 어딘가로 떠났다
그 물의 살 깊숙이 소리를 넣어
제 소리에 무너지는 상처를 꿰매고 있다

# 봄 가뭄

당신으로부터 아무런 연락이 없습니다
국번이 없거나 결번인 채 바람만 불고
세상의 물들
솟구쳐 길 없는 길을 떠날 뿐
나무는 마른 숨구멍 환하게 열어두고
저 산녘 뿌옇게 떠오르는
노을을 따라갑니다

목숨이 있는 것들은 어느 길 위에서나
멈칫, 거리고
다시 그 길 위에 제 발목을 묻을 때까지
말 없는 우리들의 물 같은 기억
그렇게 서성이고 있습니다

아직 아무런 소식이 없습니다
하늘을 바라보며
당신의 입술만을 그려 볼 뿐
봄날 저 멀리서 새가
먼지 풀썩이는 소리로 울고 있습니다

# 정선行

산은 의문을 지니지 않는다
골짜기 겹겹
낮은 바람과 안개 불러들이고
그런 낯익은 숨소리의 화두로 흐를 뿐이다
어디선가 물가마귀 한 마리
숨은 물을 건너고…

그리고 저기
보인다, 살비듬 벗는 유배의 나무, 그 기척들
벗을수록 선명하다

# 나무 비린내
   — 연어

남대천 골짜기는 어디든 비린내가 홍건하다
수천 길을 돌아 들어온 연어의 숨가쁜 섹스가
그 비린 정액 냄새와 피비린내의 생산이
골짜기마다 그득하다

그들은 주로 돌 틈새나 나무뿌리 사타구니에서  일을
벌인다
남대천 돌들은 물론 나무들이 그렇게
온통 비린내에 젖는 동안
산녘으로 날아가는 새나 바람이
잠시잠시 비행을 멈추는 이유를 이제 알 수 있을까
나무마다 눈물 깊숙한 까닭을 알 수 있을까

비린내가 계곡물을 잠 재우고
나무의 겨울눈에 숨어들고
다시 주검보다 깊은 산란을 하는 즈음
겨울은 제 몸짓을 잠시 접는다
하늘이 비릿하다

III

# 나무 비린내
  — 목어


물고기에서 나무 냄새가 난다
더 정확히 말하면 나무 비린내가 난다

썩어가는 제 상처를 점점이 뜯어내는 그런
목어의
자해自害의 내음새

비린내가 갑자기 나의 코를 깨우고
낯선 생각의 골을 깨우고
하여 눈물이나 그리움 모두
비린내에 녹아 비린내가 되는 날도 있다

나무 물고기에서 나무 비린내가 난다
골짜기를 미끌어지며 미끌어지며
산바람 불어온다

# 대추나무는 그들의 그늘로

대추나무 그늘은 열매를 모두 버린 채
쇠창살처럼 서 있다
기형아를 낳은 산모처럼
제 머리를 쥐어뜯는 모습이
오히려 역력하다

바람은 어디선가 몰려와
파업 중인 공장의 침묵처럼 곤두 서 있는데
어머니
어머니의 그 계절은 어디 있나요?

나는 문득
땅 깊은 곳으로 숨어 들어간
너를 생각했고
대추나무는 그들의 그늘로
얕은 햇살 같은 욕망을 걸러내고 있다

# 입동(立冬)

새가 무리 지어 동편으로 날아간다
미시령 바람이 먼저 앞을 선다
나무의 잔가지들 역시 요란하다
세상의 것들과 맞서는 방법인 모양이다
사람들은 두터운 외투 속에 제 뼈마디 감추고
바람의 욕지거릴 듣는다

발기한 겨울, 그 시간의 흐름 속에는 늘
이명耳鳴처럼 윙윙대는 비겁이 도사리고
미처 자라지 못한 욕망도
성급한 입질을 한다

우리가 돌아갈 길은 어디 있는가
미시령이 생면부지의 바람을 불러들이는 것을 보며
나도 그 위에 온전히 서 있지 못한 채
새가 떠 밀리는 곳
바다를 보았다

# 나무에겐 슬픔이 없다

나무에겐 슬픔의 균이 없다
고 말하고 싶다
나무는 결코 회한(悔恨)을 섭취하지 않기 때문이다

아픔도 때로 자양분이 되는지 모르지만
체관에는 운명적으로
이들을 걸러내는 손아귀가 있으며
물길을 적시는 그냥 그 물의 흐름만으로도
제 생을 다스릴 줄 아는 까닭이다

간밤 한봄의 바람이 저 나무를 흔들어대었다
아침 볕살과 더불어 잠시 멈칫한 5월의 바람 사이
부러진 가지 끝에
물소리 맺힌다

# 사월에 만나는 바람은

낯선 바람이 미시령을 건너와
아직 잠에 빠진 풀잎들 들깨우고
아직 그리움 속저린 이들의 눈물을 말리면서도
정녕 바다에 닿아도 팔을 풀지 않는다

나무들이 먼저 옷자락 풀고
푸른 속살 부끄러운 빛으로 눈 저리게 하는 동안
바람은 그렇게 달려와
내 등을 후려친다

사월뿐이었을까
물빛이 하늘을 잃고 하늘이
다시 물빛을 잃고 있는 어느 때든
미시령 바람은
골목마다 자신의 손발을 풀어 놓고
뒤엉킨 비닐끈을 끌어와
훌쩍 커버린 몸으로 나를 묶곤 한다

이 곳의 사월은 그렇게
나와 만나고 나를 흔들어 놓는다

# 진부령에서

물살은 상처로 가득하다
물살에 부딪쳐
상처뿐인 물살의 길을
만든다

너에게 이르는 첩경

# 세 통의 편지와 편두통

1
가을 물빛은 온통 지랄 같다
불면 끝에 오는 두통과 의미의 골절
스무 살 이루지 못한 수음(手淫) 같다

갑작스레 몸이 후드드 떨리고
쨍 하는 산바람 소리 들린다


2
젖은 모래는 늘 만난다
정치적 이유와 욕망을 저만큼 두고
자유의 삐걱이는 자궁 속에서
한적한 불을 피우고 있다

젖은 모래는 젖은 모래끼리 모여
그렇게
두개골을 달래고 있다

3
마약을 가까이 하지 않은 게 이상해
바다는 그런 말을 하고 있었다

# 낡은 비유


빈 손이었을 때가 아름답다 했던가

내 육신을 개처럼 두들기던 욕망과
그들의 이름과
간혹 버려진 닭내장 같은 그리움
속에서도
아무것도 버리지 못했다

어머니, 갈수록
속이 허하게 흘러내리고 있어요
온통 삭아내리는 내장뿐이에요

새


바다는 지친 눈살을 거두고
겨울의 둔탁함과 불편함을 동시에 거두고
어딘가에 닿아
벌써 우리의 손끝을 만지작거린다

바람결에 닿으면 알 수 있을까
더러움 떨쳐
모든 불안과 해독으로부터 자유로운
투명한
아, 가벼운 혁명

# 새벽 2시

어디에서도 바람 소리 들리지 않는다

배탈로 속을 비우고
세상을 비우고
더러운 욕지거리 비우고
나서 자꾸만 경련 들듯 뻗대어가는 어둠

그 끝으로
흰 물소 한 마리 다가오고 있다

# 단풍나무 숲에서

불온하다 한다
불안하다 한다
그녀가 지닌 완벽한 기억의 창과
폭음과
그 완벽 때문에 사라지는 아이와
죽은 피와 그리고
우리들 손과 발이 뒤트는 웃음 소리들

오래 전에 사라져야 할 것들이 아직 사라지지 못하고
육질 억센 돌이 되거나
나무 숲 온통 길길이 뛰어다니는
낯선 곤충이 되는 것을 보았다

그래서일까
나는 지금까지 수태 경험이 전혀 없는데
육신의 성긴 결만큼 왜
가슴 속은 양수로만 가득한 것일까

어느 새
단풍나무 숲은 불온한 피로 가득하다

# 우리는 그들을 나무라 부르네

오래도록 그리운 노래만을 불러왔네
그 노래의 한 소절에 기대어
낮은 이웃들의 얼굴과 손발을 생각하거나
침전하듯 날아오르는 새들의 작은 몸짓을 떠올리며
어느덧 여기까지 와 있네

산수유 붉은병꽃나무 굴참나무 명자나무 능소화 자귀
나무 사스레나무 붉나무 미선나무 까치박달나무 염주나
무 참빗살나무 조팝나무 생강나무 함박꽃나무 배롱나무
자작나무 개쉬땅나무 소사나무 떡갈나무

우리는 그들을 나무라 부르네

이마까지 물을 길어올리는 힘만으로도
물살에 젖어 온몸을
물소리로 가득하게 하는 그런 울림만으로도
그 울림 한 절반쯤 나누어
세상 가득 뿌리는 푸름만으로도
그들은 정말 아름다우네

그래 그래, 우리는 그들을 나무라 부르네

# 내린천

그리움 가득한 몸내와 입김만으로
이 곳에 닿았다
나무의 긴 가지 끝 따뜻하다

어디에선가 풀잎들 한없이 낮아지고
저 물길 어디엔가 이름 감춘 채
저물어가는 겨울 산녘
우리들 발길 적시고 있다

그리하여
물의 잔주름으로 노래는 풀려가고
낮은 햇살의
낮은 기억만 가득하다

이 저녁, 아우야
돌 속에 빠진 네가 보인다

# 한계령

비어갈수록, 비어 숨죽이는 몇 낱의 햇살일수록
드디어 산은
제 모습에 익숙하다

세상이 온건하여
목숨도 자유롭지 못한 거리를 뒤로 하고
떠나보면 안다
그 길 끝에 산이 있어
이파리 떨굴수록 선명한 나무와 바람이
누구도 버리지 않고
아무것도 주워담지 않음을
그냥 어눌한 그대로 침묵을 나누고
드디어 제 모습에 익숙해짐을
목숨의 값에 이르러
내가 분명히 한 덩이 캄캄한 바람이었음을
안다

한계령 나무들 잠시
산 무릎에 기대어 졸고 있다

# 붉나무

그대 떠난 자리 붉다

머리 위로 까마귀 몇 마리 지나가고
그 소리에
가을꽃 푸드득 흩어지고 있다

마지막 온 힘을 다 쏟아붓고 있는 나무는
흔적조차 몇 안 남긴 나무는
그리하여 더욱 붉다

묵은 기억이 더 선명할수록
껍질을 뚫고 나오는 건 혈관뿐
아무도 나의 길로 들어서지 않는다

# 푸른 잎은

푸른 잎은 푸른 밥이다
어린 벌레며 햇살이며 반짝이는 물살까지
제 몸에서 발견하고
제 몸에서 소리 없이 키워낸다
한여름 무더위 속에서도 그렇게 지냈다

눈이 쇠하여 모든 일이 감감한 때
산꽃들 그리운 마음으로 길 떠나보면 안다
눈물조차 반듯한
푸른 나무의 푸른 힘

우리들, 사나운 꿈에 자주 뒤척여도
함박나무 떡갈나무 산단풍 고로쇠나무가
낯선 거리의 바람을 뒤로 하고
가슴 깊이 멱질하는 새와 더불어
옅은 비린내 흩뿌린다

나무는 오늘도 그 비린내 속에서
모든 이웃을 환히 불붙게 한다
푸른 잎은 푸른 힘이다

# 오늘도

그리움 하나만으로 온전히 떠날 수 없을까

자작나무 흰 뼈들이 우르르 일어서
일어선 자리마다 푸른 만장 하나씩 들고
그렇게 푸르게 일어서
산노을 바라보며 세상의 것들과 작별하는데
저 먼 길 아무런 일 없는 것처럼
그렇게 떠날 수 없을까

벗은 몸만으로 이 계절 견딜 수 없을까

모든 눈물을 떨구고 숲으로 돌아와
서로의 성기를 맞대고 웅성이는 새처럼
화해로울 수 없을까

오늘도 나는 세상 속에서
마지막이었으면 하는 몸살을 앓으며
뼈뿐인 몸살도 버리며
그렇게 세상 밖으로 한 발씩 다가서고 있다

# 나무와 벌레

나무를 바라보면
그가 자신의 몸짓에만 충직한 것이 아님을 알겠다
몸 깊은 곳까지 뭇 벌레들 불러들여
먼 들녘 같은 잠
재우고 있음을 알겠다

나무의 몸에는 낮은 물길이 하나 있다
그 길로 낮은 바람 슬며시 몰려와
물이랑 만들고
그 역시 낮기만 한 안개를
피워 올리고 있다

나는 지금, 벌레가 되고 싶다
그의 몸에 들어가
목마르지 않은 물의 노래 들으며
몸이 그대로 집인
나무의 벌레가 되고 싶다

# 그 여름날 자귀나무

바람이 분다고 말했던가요
아니면 바람 때문에 그 나무 꽃잎이 울렁인다 말했던
가요
울렁임 사이 파묻혀 웅얼거리는 숨소리 때문에
숨이 막힐 지경이라 말했던가요
그러나 기실 바라보면 볼수록 숨이 더 막혀 와
아무 말도 터져 나오지 않았을 테지요
자꾸자꾸자꾸 숨 터져 나오려는 그리움 때문에
말 없이 팔 벌리고 손가락 펴든 채 서 있었을 뿐이겠지
요
열기 가득한 하늘만큼
그 하늘 아래서 단단하게만 익어가는 목소리만큼
자꾸자꾸자꾸자꾸자꾸
나무의 이름으로만 남고자 했을 테지요

그 여름날은 그렇게
침묵처럼 뉘엿뉘엿 저물고 있었던가요

# 물빛이 환하다

법수치 그 골짝 물소리에 귀를 기울이면
북태평양 멀리서
연어가 무어라 중얼거리는 소리 들린다
산벚 필 때 떠난 물소리를 잊지 않는
그들의 진한 본성
그런 그리움만으로도 법수(法水) 같이 법수(法水) 같이
남대천 물빛이 환하다

그래서일까
삶과 죽음이 한 꽃으로 피었다 지는 여기
그 물과 돌이 무어라 함께 중얼거린다

# 산과 바다 사이를 유영하고 싶은 물고기
## ―김영준의 시 세계

박 남 희(시인, 고려대 강사)


1

이 시집에 실린 김영준의 시를 지배하고 있는 가장 중심적인 이미지는 나무이다. 이러한 조짐의 일단은 그의 첫 시집 『봄을 기다리며』에 이미 구체적으로 나타나 있다. 그의 첫 시집을 대략 훑어보더라도, "어디에고 나무는 없고/그러나 어디에고 무너지는 입술은 여럿이고"(「琴湖洞」), "물은 모여도 이곳에선/꽃이 되지 않는다/처박고 앉을 나무가 되지 않는다"(「靑湖洞 日記 1」), "이제 육신이 배설하는 일마다/다시는 이 저녁 나무가 될 수 없음"(「상처」), "포크레인이 내 앞으로 다가오면 아득히/거대한 나무 그 뿌리가 가엾음을 안다"(「포크레인이 다가오면」) 같은 시구에서 나무의 이미지를 흔히 발견할 수 있다.

나무는 인간과 비슷하게 직립으로 서 있는 사물이라는 점에서 흔히 인간의 유비적(類比的) 대상물로 사용되어

저 왔다. 나무의 머리는 하늘을 향해 수직적 초월을 꿈꾸고 있고, 나무의 뿌리는 지상에 튼튼히 서 있기 위한 기반으로서의 의미와 현실적 삶을 무의식에 연결시키는 통로로서의 역할을 동시에 수행하고 있다. 그런가 하면 나무의 줄기나 이파리들은 바람과 연결되어서 이 세상에서의 수평적 삶에 대한 기상도를 우리에게 보여준다. 이와 더불어 나무는 새를 품고 있음으로 해서 '자유' 혹은 '이상'에 대한 열망을 드러내 주고 있다.

김영준의 첫 시집에 나타나 있는 나무 이미지는 위에서 열거한 구절들을 통해서도 알 수 있듯이, 나무의 '부재'에 대한 안타까움이나, 나무가 되고 싶은 소망의 차원에 머물러 있다. 이러한 단초는 그의 두 번째 시집에서 본격적으로 나무의 이미지가 등장하면서 좀더 구체화된다. 김영준의 첫 시집을 개괄적으로 훑어보면, 우선 「말」 연작시와 「쥐」 연작시가 눈에 띈다. 하지만 이들 시들은 같은 제목을 가지고 있을 뿐, 일정한 주제적 흐름이나 지향점을 가지고 있는 것으로 보이지는 않는다. 그것은 마치 『처용단장』 같은 김춘수의 연작시들이 작품들간의 주제적 필연성이 없이 개별적인 작품으로 존재하고 있는 것과 흡사하다. 하지만 자세히 살펴보면, 이들 시들은 어느 정도 나름대로의 문법은 보여주고 있다. 「말」 연작이 말의 무용성이나 불확실성에 대한 인식과 아울러 시인 자신의 내적 관념에 뿌리를 두고 있다면, 「쥐」 연작은 상대적으로 시인의 내적 관념보다는 현실에 기반을 둔 삶의 불확실성에 초점을 맞추고 있는 것처럼 보인다.

나는 나도 모르게 죽어 있었다
쓸모 없는 말과
나든 남이든 구원하지 못하는 말과
섣부른 종교 같은 말과
또는 말이 될 수 없는 무덤
속에서 나는
상처의 끝을 허옇게 드러내고 있었다
—「말 8」 부분


덫을 놓아
우리가 우리의 몸을 잡고
눈물이 눈물을 잡고
역사가 역사를 잡고
배추꽃은 배추꽃을 잡고 있다
그러나 잡히지 않는다
잡히지 않으므로 더욱 포박당하는
그대 덫이 잡히고 있다
—「쥐 7」 부분


　이들 시에서 읽을 수 있듯이 김영준의 첫 시집은 부정적인 현실에 대한 불확실성과 희망의 부재를 노래하고 있는 시편들이 대부분이다. 이처럼 시인이 세상에 대해서 부정적 전망을 가지고 있는 것은 물론 개인적인 기질이나 세계관과도 연결되겠지만, 80년대라는 시대적 불

87

확실성과도 어느 정도 연관되어 있다. 그것은 "밤이 오면 길이 보인다/어두운 밤길이 보인다/지나는 길로 증발되기도 하고/돌아오는 길로 갑자기 검문을 당하기도 한다/(중략)/만나는 눈물 없고/화염병 제조법과 투척과 입춘 지난 텅빈 들녘과/서성이는 바람의 기억만 남고"(「밤이 오면」) 같은 구절들을 통해서도 쉽게 증명된다. 위의 시들 역시 구체적인 진술은 생략되어 있지만, 그 배면에는 부정적인 현실인식의 그림자가 짙게 드리워져 있다. 이러한 부정의식은 그의 두 번째 시집에 오면 깨달음을 통한 긍정적 세계관으로 변모한다.


2


이 글의 초두에서도 언급했듯이 이번 시집을 관통하고 있는 중심 이미지는 나무이다. 하지만 나무는 나무 한 몸으로 존재하지 않는다. 나무는 그 주위에 무수한 사물들을 거느리면서 그들과 교감하고 있다. 그런 점에서 나무 역시 나름대로의 사회성을 지향한다.

떼어놓고 생각할 수 없는 것
나무와 물
풀뿌리와 벌레, 그들의 울음소리
길과 돌, 뭐 그런 것

나무의 푸른 풍경 소리와 상처 같은 새들의 옷자락이라
든가
　푸른 수액 끝에 묻어나는 業이 된 그리움과
　오를수록 멀어지는 오르가슴
　뭐 그런 것

—「샛령을 오르며」 부분

　시인이 샛령을 오르며 만나게 되는 사물들, 즉 물이나 풀뿌리, 벌레, 길, 돌, 새 같은 것들은 모두 나무와 떼어놓고는 생각할 수 없는 것들이다. 나무는 그들과, 그리고 그들은 나무와 유기적으로 연결되어서 하나의 숲이 되고 자연이 되고 우주가 되고 있는 것이다. 그들은 서로 소통하면서 존재하고 존재함으로써 상호 소통의 필요성을 느낀다. 시인이 이처럼 많은 자연물들 중에서 나무를 존재론적 투시의 대상으로 삼고 있는 것은 앞에서도 열거했듯이 나무가 가지고 있는 속성이 사람과 매우 유사하기 때문이다. 사람이 이 세상의 무수한 사물들을 거느리고 있듯이 나무 역시 물과 풀뿌리와 벌레와 돌을 품고, 길을 품고 새를 품고 있다. 시인은 "나무가 제 몸에 새집을 짓게 하는 일"이 한두 해의 일이 아니고 "바람처럼 수천 수만 년 되새김질하여 온 일"이므로 "큰스님의 열반"보다도 앞서는 일이라고 말하고 있다.(「이 가을 나무는 무엇을 하는가」) 이러한 시인의 상상력은 이 시집에 등장하는 나무 이미지가 단순한 삶의 오브제로서의 의미를 넘어서 인간적 삶의 역사성과 본질에까지 닿아 있음

89

을 말해주고 있는 것이다. 그런 점에서 나무는 때때로 시인에게 깨달음의 대상으로 다가서기도 하고, 그리움을 품고 있는 존재로 투영되기도 한다.

일제히 돈오점수(頓悟漸修)하는 저 나무들 보면
사람이 미물인 까닭을 조금은 알 것 같은데

수리 도리 돌아 어성전 가는 길
봄이 왜 봄이고
봄산은 왜 봄산이라 하는지

저기 버즘처럼 버즘처럼 산벚은 피는데
온 산마다 바람처럼 일어서 나무(南無) 나무(南無) 하는
데
첩첩이 골 깊은 이 길을
나는 도무지 읽어낼 수 없네

그리움도 이만 같아서
낯설거나 막막한 것일까 하는 생각
           —「어성전 가는 길」 전문

시인은 돈오점수하는 나무를 보면서 오히려 사람이야말로 미물임을 깨닫게 된다고 말하고 있다. 시인에게 있어서는 세상의 이치와 도를 단번에 깨우치는 나무야말로 진정한 의미의 부처이고, 아직 그리움의 길조차 그 깊

이를 짐작하지 못하고 있는 사람이야말로 어리석은 중
생에 불과한 것이다. 이 시에 나타나 있듯이 나무 이미지
는 종종 불교적 상상력과 만나면서 시인의 윤회적 세계
관을 우리에게 보여주기도 한다.

> 내가 저 몸 깊이 들어가면 무엇이 될까
> 물 아니면 화석
> 온몸 가득 불지르고 난 후
> 재로 남아 다시
> 물이거나 나무가 되어가는 일은 가능한 것일까
> 그런 생각
>
> —「태백 생각」 부분

　인용 시에서 보듯 시인의 내세관은 불교적 윤회사상에
기울어 있는 듯이 보인다. 하지만 정작 시인의 마음은 수
행을 하여 부처가 되는 일이나 죽어서 열반에 드는 일보
다는, 그리움이나 쓸쓸함이 지배하고 있는 현실적 삶 쪽
에 더 무게를 두고 있다. 시인은 그의 시 「쓸쓸한 부처」
에서 "박물관 앞뜰에서 흔히 만나는 얼굴 문드러진/얼굴
없는 부처를 보면/우리 삶이 쓸쓸하여 부처가 되는 게 아
니라/실은/부처가 된 후 더 쓸쓸해진다는 것을/문득 생
각하게 된다"고 말한다. 그리하여 그는 "결국 우리도/쓸
쓸하여 부처를 찾는 게 아니라/쓸쓸해진 부처가 내 얼굴
과 닮아 있어/찾아나서는 것이려니" 짐작하고 있다. 말
하자면 시인에게 있어서는 부처가 우선이 아니라 이 땅

의 삶이 우선인 것이다. 따라서 시인은 결코 부처가 되기 위한 수행자의 자리에 머물고 싶어하지 않는다. 그리하여 시인이 추구하고 있는 세계는 속세도 열반의 세계도 아닌 또 다른 어떤 세계이다.


3


시인의 관념 속에 있는 나무는 물론 인간의 유비적 사물로서의 의미가 강하지만, 인간과 다른 면을 내포하고 있다는 점에서 인간의 초극적 대상으로서의 의미도 아울러 지니고 있다. 그 중 가장 대표적으로 꼽을 수 있는 것은 "나무에겐 슬픔이 없다"(「나무에겐 슬픔이 없다」)는 사유이다. 시인은 "나무에겐 슬픈 균이 없다/고 말하고 싶다/나무는 결코 회한(悔恨)을 섭취하지 않기 때문이다//아픔도 때로 자양분이 되는지 모르지만/체관에는 운명적으로/이들을 걸러내는 손아귀가 있으며/물길을 적시는 그냥 그 물의 흐름만으로도/제 생을 다스릴 줄 아는 까닭이다"고 하여 나무의 탈속적 측면으로서의 속성을 강조하고 있다. 하지만 이러한 시인의 생각은 나무와 인간이 같지 않다는 관념에서 출발하고 있으므로, 시인 자신의 세계관으로까지 연결시키지는 못하고 있다. 시인은 자신이 어쩔 수 없이 쓸쓸함과 그리움이 교차하는 현실적 삶에서 쉽게 벗어날 수 없는 존재라는 것을 인식하고 있다. 그리하여 시인이 도달하고 싶어하는 세계는

'木魚'의 세계이다. 목어는 나무와 물이 만나는 자리에
존재한다는 점에서 정(靜)과 동(動), 탈속과 세속, 죽음과
삶이 통합되는 자리에 위치해 있다.


　　물고기 그 빈 속에 들어가 눕고 싶네


　　내 육신으로 그 빈 속 모두 채워주고 싶네


　　그런 나로 인해 허기를 메운 물고기가
　　다시 쓸쓸해지는 모습 보고 싶네


　　그 빈 속 저장된 내 육신 몇 날이고 부패하여
　　물고기 기름으로 재생하거나
　　점점점 썩어드는 구더기 장맛쯤으로 남는 걸 보고 싶네


　　하여, 그 물고기 바람 데불고 하늘을 마구 날아다니는
　　그런 꿈 꾸고 싶네
　　　　　　　　　　　　　　　　　—「목어 되고 싶네」전문


　　내 등짝에 심은 나무에서 물소리를 듣는다


　　짓눌릴수록 더 큰 물소리


　　아릴수록 더 묵직한 그리움

業!

―「木魚」 전문


더욱 아파야 하네
하여, 아프고 싶네
생의 껍질은 물론이거니와
속내까지 모두 내어주고
모든 허기와 허망으로부터 허허롭게 두들겨 맞으면서
켜켜이 스러지는 나무가 되고 싶네
그 나무의 뼈 으스러져 물소리로 유영하거나
물몸 가득히 초록으로 살 때까지
죽도록 아파야 하네


그런 후 먼 훗날
그리움도 사실 한 마리 나비처럼
물길 밟으며 온다는 사실 하나쯤 기억해 내고
하늘 훨훨
어기여차 떠다니는 물고기 되고 싶네

―「물고기가 되고픈 나무」 전문


　　김영준의 시집에서 '나무' 이미지 다음으로 큰 비중을 차지하고 있는 것은 '바다' 이미지이다. 바다 이미지를 좀더 포괄적으로 일반화시키면 물 이미지가 되지만, 바다는 물의 존재양태 중에서도 가장 광활하고 포괄적인 속성을 지니고 있는 점에서 일반적인 물 이미지와 구별

된다. 시인이 물고기를 꿈꾸는 것은 세상의 은유로 표상되는 바다 속에서 자유롭게 유영하고 싶은 인간적 욕망이 있기 때문이다. 나무는 그냥 서 있기만 할 뿐 세상을 자유롭게 헤치고 다닐 수 없지만, 물고기는 물 속을 자유롭게 유영할 수 있는 활동성을 가지고 있다. 하지만 위의 예시들을 통해서도 알 수 있듯이, 시인이 추구하는 것은 물 속에서 살아서 꿈틀거리는 물고기가 아니라 나무를 깎아서 만든 목어이다. 사실 따지고 보면 목어는 물고기라기보다는 나무로서의 속성이 더 강조되어 있는 대상이다. 목어는 겉 모양만 물고기일 뿐 그 본질은 나무인 것이다. 이런 차원에서 보면 시인이 꿈꾸고 있는 목어는 여전히 나무의 속성을 벗어날 수 없다는 운명적 예감이 전제된, 비극적이고 이율배반적인 존재인 셈이다.

첫 번째 예시 「목어 되고 싶네」에서 시인이 "물고기 그 빈 속에 들어가 눕고 싶네//내 육신으로 그 빈 속 모두 채워주고 싶네//그런 나로 인해 허기를 메운 물고기가/다시 쓸쓸해지는 모습 보고 싶네"라고 말하고 있는 것도 시인이 추구하고 있는 것이 목어가 되어서 열반에 들고 싶은 것이 아니라 쓸쓸해지고 싶다는, 다분히 인간적인 소망임을 보여주고 있는 것이다. 두 번째 예시에서도 시인은 목어가 되어 자신의 등짝에 심겨 있는 나무에서 물소리를 듣는다. 목어의 등짝에 심겨 있는 나무는 인간으로서 시인이 느끼는 '業' 으로서의 중압감이며, 시인은 이러한 중압감에 시달릴수록 더 큰 물소리를 듣는다고 말하고 있다. 여기서의 물소리는 물론 '바다' 라는 속세

에서 느끼는 그리움으로서의 물소리이다. 그리하여 시
인은 세 번째 인용 시에서처럼 "나무의 뼈 으스러져 물
소리로 유영하거나/물몸 가득히 초록으로 살 때까지/죽
도록 아파야" 함을 이야기하고 있다. 물론 이러한 아픔
은 그리움을 견뎌내기 위한 아픔이고, 이율배반적인 삶
에 대한 초극으로서의 아픔인 것이다. 시인은 나무의 몸
으로 물고기를 꿈꾸고 있다는 점에서 이율배반적이다.
이러한 이율배반적인 속성을 지니고 있는 목어가 지향
하고 있는 곳은 물이 아니라 하늘이다. 물이 현세적 삶의
공간이라면, 하늘은 현세적 삶을 뛰어넘는 형이상학적
공간이라고 말 할 수 있다. 그런 점에서 목어가 지향하는
공간은 한편으로는 탈속적 느낌이 강하다.
　하지만 이러한 시인의 탈속적 초월의 소망은 어디까지
나 '하고 싶다' 는 소망의 차원에 머물러 있다. 그리고 이
러한 소망 역시 어찌보면 그리 간절한 것이 아니다. 그것
은 시인의 마음이 여전히 나무가 있는 산과 물고기가 살
고 있는 바다로 분열되어 있기 때문이다. 다시 말하면 물
고기가 된 시인은 여전히 산과 바다 '사이' 를 유영하고
싶은 것이다.

　　도원 저수지 오르다가
　　지금은 여물통이 된 나무 물고기 한 마리 보았네
　　무심히 그 깊이를 들여다보다
　　아직 그 안에서 울음으로 헤엄치고 있는
　　물고기 한 마리를 발견했네

예전에는 소가 주둥이를 들이밀고 헤집었을
누구도 먹이통으로밖에 생각지 않았을 이것이
바로 물고기이거나
물고기 제 몸에 담고 둥둥 울었을 목어였다는 사실은
여물통을 뒤집어 보면 알 수 있네

절간 목어가 왜 여물통이 되었는지
그 앞에 서서 내가 왜 이리 숙연해지는지
깨달음이 왜 진정 밥이 되는 건지
여물통에 꾸벅꾸벅 머리를 조아리며
자꾸만 묻고 싶어지네

—「여물통 목어」 전문

시인은 저수지를 오르다가 소의 여물통이 되어버린 목
어를 발견하게 된다. 그리고는 그 안에서 여전히 울음으
로 헤엄치고 있는 물고기 한 마리를 보게 된다. 물론 이
러한 설정은 상상이지만, 시인은 여물통이 되어버린 목
어를 통해서 자신의 실존을 보고 있는 것이다. 시인은
"절간 목어가 왜 여물통이 되었는지" 반문한다. 이러한
질문은 물론 시인 자신을 향한 반성적 질문이고, 잃어버
린 실존에 대한 자기 점검이다. 다른 한편으로는 목어가
있는 곳이 절간이 아니라 저수지 옆의 어떤 곳이라는 점
에서, 쉽게 왜곡되어지는 현실을 은연중에 꼬집고 있다.
이러한 왜곡된 현실은 "여물통을 뒤집어 보"듯 현실을

뒤집어 보면 쉽게 드러난다. 하지만 시인은 왜곡된 현실에 대한 적의를 겉으로 드러내지는 않는다. 그것은 생래적으로 시인이 자신의 "몸이 향하는 시선이" 자신의 몸을 향할 뿐(「아야진에서」)임을 스스로 잘 알고 있기 때문이다.


4


산에서 시인이 목어를 꿈꾸고 있다면 바다에서는 연어가 되어 모천의 물소리를 듣고 있다. 시인이 자신의 시에서 상정하고 있는 목어나 연어는 '나무 비린내' 를 풍기고 있다는 점에서 거의 같은 이미지로 쓰이고 있다. 비린내는 원래 물고기에서 나는 것인데 시인은 목어에서도 나무 비린내를 감지한다. 그리고 연어가 사는 남대천 골짜기에서 나무 비린내를 맡는다. 남대천은 본래 바다 물고기인 연어가 알을 낳고 마지막 최후를 다하는 생산과 죽음의 공간이고, 산과 바다가 만나는 공간이라는 점에서 시인의 실존을 생생하게 느낄 수 있는 공간이다.

남대천 골짜기는 어디든 비린내가 흥건하다
수천 길을 돌아 들어온 연어의 숨가쁜 섹스가
그 비린 정액 냄새와 피비린내의 생산이
골짜기마다 그득하다

　　그들은 주로 돌 틈새나 나무뿌리 사타구니에서 일을 벌
인다
　　남대천 돌들은 물론 나무들이 그렇게
　　온통 비린내에 젖는 동안
　　산녘으로 날아가는 새나 바람이
　　잠시잠시 비행을 멈추는 이유를 이제 알 수 있을까

　　비린내가 계곡물을 잠 재우고
　　나무의 겨울눈에 숨어들고
　　다시 주검보다 깊은 산란을 하는 즈음
　　겨울은 제 몸짓을 잠시 접는다
　　하늘이 비릿하다

―「나무비린내―연어」 전문

　　물고기에서 나무 냄새가 난다
　　더 정확히 말하면 나무 비린내가 난다

　　썩어가는 제 상처를 점점이 뜯어내는 그런
　　목어의
　　자해(自害)의 내음새

　　비린내가 갑자기 나의 코를 깨우고
　　낯선 생각의 골을 깨우고
　　하여 눈물이나 그리움 모두

99

비린내에 녹아 비린내가 되는 날도 있다
　　　　　　　　　　　　　—「나무 비린내—목어」부분

　'나무 비린내'라는 공통적인 제목을 가지고 있으면서
부제만 다른 인용 시들은 시인이 이들 시에서 보여주려
는 '비린내'의 정체가 무엇인지 짐작할 수 있게 해준다.
첫 번째 인용 시에서 남대천에 비린내가 가득한 것은 연
어들이 생산 활동을 하고 있기 때문이다. 연어들이 하는
생산 활동은 '주검보다 깊은 산란'이다. 그런 점에서 이
시는 연어가 알을 낳고 죽는 행위보다는 알을 낳는다는
생산 활동에 초점이 맞춰져 있다. 말하자면 연어는 시인
에게 있어서 생명의 의미를 지닌 물고기인 셈이다. 반면
에 두 번째 인용 시를 보면 목어에서 나무 비린내가 나는
것은 목어가 썩어가는 제 상처를 뜯어내는 '자해(自害)의
내음새'라는 점에서 생산보다는 죽음의 쪽에 더 가까이
가 있는 느낌이 든다. 말하자면 시인은 목어를 통해서 자
신의 내면에 숨어 있는 타나토스적 본능을 직시하고 있
는 것이다. 인용 시에서 '눈물이나 그리움'과 같은 에로
스적인 속성을 지니고 있는 감성마저도 타나토스적 속
성이 내비치는 비린내에 녹아 비린내가 되어버린다는
것은 본질적으로 에로스와 타나토스적 본능이 하나라는
사실을 암시해준다. 연어가 섹스라는 에로스적 행위를
한 후에 알을 낳고 죽는다는 것 역시 같은 의미로 해석될
수 있다. 따라서 이들 시에서 '비린내'는 시인이 살아가
는 삶의 의미를 끊임없이 일깨워주는 생명과 죽음의 제

유로서의 비린내라는 것을 알 수 있다.

　시인은 여전히 자신의 생을 끊임없이 자극하는 '비린내' 로부터 자유롭지 못하다. 연어가 자신의 죽음을 예감하면서도 생산을 위하여 남대천으로 거슬러 오르는 것처럼, 시인 역시 산과 바다, 즉 성(聖)과 속(俗)이 공존하는 남대천을 향해 나아가고 싶어한다. 김영준의 시에서 산은 탈속의 이미지에 가깝게 가있는 반면에 바다는 세속적인 쪽에 있는 것처럼 보인다.

산은 의문을 지니지 않는다
골짜기 겹겹
낮은 바람과 안개 불러들이고
그런 낯익은 숨소리의 화두로 흐를 뿐이다
—「정선行」 부분

마약을 가까이 하지 않은 게 이상해
바다는 그런 말을 하고 있었다
—「세통의 편지와 편두통」 부분

　첫 번째 인용 시에서 보면 산은 의문을 지니지 않는다는 점에서 탈속적이다. 그런 점에서 마약을 가까이 하지 않은 게 이상하다고 중얼거리는 바다의 이미지와 대비된다. 이런 관점에서 보면 탈속과 세속 '사이' 를 헤엄치는 연어 혹은 목어는 시인 자신의 자화상인 셈이다. 이처럼 시인은 쉽게 탈속을 이야기하지 않고 마냥 세속에 머

물고 싶어하지도 않는다. 이러한 '사이' 의 시학은 김영준의 시를 긴장감 있게 유지시켜 주는 '비린내' 의 역할을 하고 있다.

반면에 이러한 특성은 김영준의 시를 너무 온건한 쪽으로 몰고 가는 위험성도 아울러 지니고 있다. 그의 시의 진폭이 결국 산과 바다, 나무와 물고기 사이에서 벗어날 수 없는 것도 이러한 온건성과 무관하지 않다. 그런 점에서는 오히려 어떤 사물이나 현상을 세밀히 관찰해서 시인의 새로운 인식의 뿌리를 드러내고 있는 「봄꽃」이나 「수해(水害)」가 돋보인다.


속 터지는 일이다

겨우내 단단하게 얼었던 눈물
그 아린 자국까지 쏘옥 빼놓는 일이다
하여, 빼곡한 자리마다 자궁 하나씩 심어두는 일

아 그런, 부끄러운 환장!

           —「봄꽃」 전문


물은 수천 세월
제 몸짓과 제 뜻으로 물비늘 끌고와 쓸고 닦았던
제 길을
삭고 삭은 추억의 힘으로 찾아간 것 뿐이야
우르렁우르렁 너울너울 어울렁더울렁

비린내 떨어진 자리에 누워 그렇게 춤추고 몸 달뜨며

그래, 그러니 물을 탓할 일만은 정녕 아니겠지
—「수해(水害)」 전문

    김영준의 시는 정직하다. 인용 시들은 시인의 정직함을 그대로 보여주고 있다. 봄꽃이 피는 것을 보면서 "속 터지는 일이다"고 시원스럽게 말을 토해낼 수 있고 봄꽃이 피어나는 모습을 '부끄러운 환장'이라고 표현할 수 있는 것은 거침없고 정직하다. 「수해(水害)」 역시 인간의 입장에서 보면 부정적으로 해석될 수밖에 없는 '수해'라는 자연 현상을 물의 입장에서 과감하게 긍정하고 있는 모습이 투명하고 정직하게 읽혀진다. 그런 점에서는 쉽사리 탈속을 이야기하지 않고 어쩔 수 없이 세속에 머물러 있을 수밖에 없는 자신의 실존을 있는 그대로 보여주고 있는 것도 김영준 시의 정직성을 증거해준다. 김영준의 시에 드러나 있는 이러한 정직성은 그의 진솔한 자기 긍정의 세계와 만나면서 오히려 인간적인 면을 부각시켜주는 미덕이 되고 있다.

그리움이 젖어 드는 길

# 그리움이 젖어 드는 길

2025년 4월 30일 처음 펴냄

지은이     구금자

엮은이     남궁은영

펴낸이     김영호

펴낸곳     도서출판 아이워크북

등 록     제313-2004-000186

주 소     서울시 마포구 월드컵로 163-3

전화/팩스     02-335-2630 / 02-335-2640

이메일     yh4321@gmail.com



ISBN 978-89-91581-41-8 03040

# 그리움이 젖어 드는 길

글·그림  靜雲 구금자

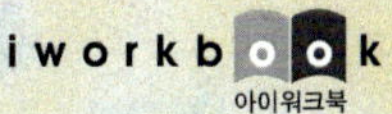

머리말

강화에서 태어나 인천에서 여고를 다니던 시절,
오빠 친구로부터 김소월 시집을 선물 받았습니다.

그 시집 한 권을 거의 외우다시피 했던 소녀가
지금은 필력이 부족한 여든여섯의 노인이 되었습니다.

살아온 세월 속에서 즉흥을 끄적끄적했을 뿐인데,
시집으로 만들어보자는 자식들의 제안에
쑥스러워 망설였지만 용기를 냈습니다.

초라하고 보잘것없더라도
스스로의 삶을 되돌아보는 시간이 되었으면 좋겠습니다.
부끄럽고 소박한 마음이 전해지는 곳,
따뜻한 행복이 깃들기를 바랍니다.

靜雲 구금자

차례

I

봄비

# 봄비

촉촉이 내리는 봄비
아쉬운 듯 흩뿌려지는 꽃잎들

자연의 섭리라지만
차마 즈려밟기 애처로워
꽃잎을 피해 가는 발길

단비의 속삭임도
미움인 양 들려오네

# 진달래꽃

어느 시멘트 벽 담장 안
넘슥이 내다보는 진달래꽃
봄 손님 맞은 듯 아름다워라

순간
마음은 수줍은 소녀로 돌아와
산자락에 내리 널린
붉은 꽃 무리를 즐긴다

그윽한 향기 진달래꽃
봄바람에 살랑이는 꽃미소에
사랑 노래 부르며
황홀한 꽃밭에 잠들려 하네

이 순간에 비할 수 없지만
그래도 아름다운
담장 안 진달래여

# 하얀 철쭉

천생에
무슨 한이 서려 있어
슬픔에 젖은
소복단장 여인인 양
이토록
하얀 철쭉으로 이름하였나


백일 아기의 천사 같은 미소
만지면 오염될까 두려워지는
꽃구름 같은 고귀한 자태


뭇 나비가 춤추며 나래 접고
멀리 띄워 보낸

향기로운 초대장에
벌들이 노래하며 날아드네


순결한 꽃송이 살포시 떨어질 땐
내 생의 종말인 양
철렁이는 이 가슴


사무치게 그리운
님의 눈물 되어 흐르네

# 질경이

논둑길에 널려있는 질경이
우악스런 농부의 짓밟힘에도
보란 듯이 일어나는 끈질긴 기상은
시집살이 울 엄마 삶을 보는 듯
뭉클한 마음에
다시 뒤돌아보았네

# 까치집

앙상한 나목 꼭대기
검은 둥지를 보았네
꿈과 희망과 정성이 담뿍 담긴
차곡차곡 엮어 만든 둥지
그 집 주인은 까치란다

우리에겐
기쁨을 전하는 전설의 새라지만
세대 불림이란 의무감에
희로애락이 없었겠냐 만은

아랫마을 인간 사회를 보며
우리는 이념 싸움 없이
평화롭다 하겠지

# 어느 가을날

낙엽이 떨어져 구르던 날
우연히 추억 속의 옛길을 걸었네
세월의 흔적에 이유도 아닌 이유로
우린 이별이라 썼지

외로움이 스며드는 스산한 가을
눈부신 가을빛이
온 누리에 찬란한데
울적한 지금은 나만의 느낌일까
희미한 모습만 어리어도
영혼까지 빨려들 것 같은 나

그러나 이젠

함께가 아닌 너와 나
추억 속의 그림자로 남아
같이 걷고 싶은 아쉬움
추억 속의 그림자로 남아
같이 웃고 싶은 그리움

# 감나무

엷은 녹음이 드리우면
문득 생각나는 감나무


감꽃 필 때면 감꽃 먹고 깔깔 웃고
꽃반지도 만들었고 목걸이도 만들었지


새끼 감이 떨어질 땐
염주도 만들어 동자 스님 되었다네


어느새 푸른 감은 희망이 동글동글
오색 단풍잎은 비단보다 더 고와라


책갈피에 끼워놓고

소꿉친구 떠올리면
연정이 새록새록 샘솟는 것을

앙상한 가지에 대롱대롱 붉은감
추억이 주렁주렁 달콤도 하네

# 은행잎

노랗게 물든 은행나무 숲 거닐 땐
천당 길 꽃길인 양
사뿐사뿐 동심으로 돌아가네

갈바람에 난무하는 은행잎 휘날림은
한 서린 미망인의 몸부림인 듯
애처로워 눈시울이 적시어지네

푹신푹신한 낙엽길을 밟고 있노라면
서글픈 삶의 종말을 말해 주는 듯
자연의 순리에 숙연해지네

# 가을 하늘

가을 하늘은 참 아름답다


창연한 하늘
흰 구름 둥둥
파랑새가 날고 있는 듯
내 마음도 따라서 날으네


가을빛은 모두 예쁜 것
만인을 유혹하는
오색찬란한 단풍
오곡이 익어가는 소리
가을볕 황금벌판
풍요로운 마음의 고향

가을은

모두를 반겨주는 안식처

# 새 단장

무참히 짓밟히는 고운 단풍잎
연민해 지는 이 마음
달랠 길 없어
소녀 같은 손길로
한잎 두잎 주워 담았네

왜
몸부림치며 휘날릴까?
너도
세월의 흐름이 안타깝더냐

세월의 무게에 짓눌려
한숨과 아쉬움이 쌓이진 않겠지
봄이면 새 단장 할 것이기에

# 눈

눈이 내리네 퍼얼펄
난무하는 꽃잎처럼 춤을 추네요


눈이 내렸어요 살포시
하얀 양탄자를 펼친 듯
천사들이 사뿐사뿐 걸어올 것 같네요


눈이 쌓였어요 소복소복
입에 넣고 싶은 솜사탕
달콤함이 사르르 녹아내려요


순결한 눈
마음도 하얗게 정화되네요

# 만월산에서

숲속 길 따라 찾아든 곳
약사사
고즈넉한 사찰의 품위를 풍기는 아담한 곳
은은한 목탁 소리에
불심이 일어나네

만월산 정상에 오르니
시야에 펼쳐진
드넓은 시가지
고속산업 발전을 그대로 보여 주네

만월정에서
잠시 숨 고르기를 하노라면

광활한 바다에 머문 시선
창대한 희망과 무한한 발전의 물길이라네

하늘길 땅길 바닷길을 품은
여유로운 인천
마음속 자부심
둥지를 틀었네

II

윤슬

# 내 고향

내 고향이 어디냐고 묻지를 마라


창문 너머 복사꽃이 피고 지는 봄
논둑길에 찔레꽃 붓꽃 향이
코끝을 스치는 오월의 들판


어느새
시골길 코스모스가 웃음을 머금고
황금물결이 출렁이는 아득한 평야


향수를 불태우는 이런 곳이
나의 고향 모두인 것을

# 어린 시절 그 초가집

지금은 없어진 낡은 초가집
마당 끝이 논이었던 초야에 묻힌 집
쪽대문을 나서면 까마득한 녹색 평야
갈바람 스칠 땐 출렁이는 황금물결
생각만 해도 가슴이 탁 트이는 집

마당 끝자락 한 그루의 무궁화는
꽃을 좋아하시던 어머니의 상징
무궁화 옆에서 차렷 자세로 찍은
빛바랜 사진 한 장 속
그 어머니를 닮은 나

무궁화꽃 필 때면 더 그리운 그 초가집

# 어머니

해 떨어지고
저녁 이슬 내릴 때
모닥불 피워놓고
철없이 낄낄대며
밀짚 자리에 누우면
뙤약볕 호미 자루의 피곤도 젖혀놓고
모기 물릴새라
죽선으로 날려주시던 어머니

황혼길에 선 지금에서야
그토록 지극한 사랑의 손길에
이슬이 눈가에 맺히네

어머니 우리 어머니

# 윤슬

1950년대 이른 봄
책보를 허리춤에 맨 바쁜 등굣길
꿈나무들이 조잘대며 걷던 긴 논둑길


아침햇살에 밀려온 황홀한 바다
잔잔한 황금물결은
어찌 그리 아름다웠을까


나는 그냥
물에 뜬 별 자연의 미소라 했지


철없던 소녀의 마음 앗아간 윤슬
아직도 눈에 어린

그 윤슬을 맞이하러
백발을 휘날리며
논둑길을 다시 걷고 싶어지네

그 시절로 돌아가

# 할미의 기다림

마당 끝 호두나무 가지에
아침 까치 우지짖네

아침 까치 우짖음은
반가운 손님 온다던데

행여 우리 손자 올랑가 웅얼거리며
방 구석구석 쓸어내고
머리 빗질 쓰다듬고

툇마루에 걸터앉아
고갯마루 넘겨 보네

# 내 친구

불현듯 떠오른 그 사람


코로나19는
우리 사이
건너지 못할 강이 되었네


항상 따뜻한 말 말 말
늘 감싸주던 그 사람
문득 보고 싶구나


슬플 땐
같이 눈물짓고
기쁠 땐

같이 즐긴
나를 녹여준 그 사람

언제쯤
쌓인 마음 풀어놓고
같이 웃고 즐겨 볼까

# 다시 찾고 싶은 정선

가리왕산 계곡 따라
산골에 접어드니 심심산천이라


드문드문 인형의 집인 듯
전원주택 나열되어 있고
나름대로 돌담 쌓아 정원 만들고
갖가지 꽃, 산양삼, 더덕, 도라지, 약초 등
사랑을 품고 보듬는 취미생들
비움과 나눔을 공유한 야인의 마을이었네


어느 신선의 휴양지인 양
계곡물은 근심 없이 흐르고
청청한 금강송이 첩첩이 쌓여 드높은 산
자연의 슬기로 빚어진 금강송 군락지는

한 폭의 산수화보다
더 아름답다 말하고 싶네

소낙비가 세차게 내린 후
산허리에 걸친 구름 띠
도시의 때 묻은 속인은
산불이 났나 착각했네

백석봉 정상에서 오대천으로
수직으로 내리꽂는 백석폭포
더위를 식혀주는 절묘한 장관이었지

그러나
자연의 선물이 아닌 인공폭포란 아쉬움에

노추산 오장폭포를 찾았네


역동치는 세찬 물줄기
이마저 인공폭포라지만
더위에 허기 진 나그네는
달궈진 가슴을 물살에 적시어 잠재웠네


가을 풍광이 그토록 아름다워
두타산 줄기 따라 이어
단림(丹林)골이라 이름하였다니
다시 찾고 싶은 그곳 절경
가을 단풍이 기다려지는
그리운 그곳

Ⅲ

꽃길에 꽃비 내리던 날

# 슬픈 봄소식

아지랑이처럼 가물대는 당신
봄바람에 실려 옷깃 속에 스며드네

당신의 인생 한 페이지
꽃밭에 서면
눈시울이 뜨거워짐을 어찌할까

화들짝 핀 꽃들은 당신의 얼굴
실바람에 살랑일 땐
"나 없이도 살만해?" 당신의 물음 같아
저려 오는 이 아픔을 당신은 아실까
섬김에 소홀했던 안타까운 이 마음
꽃을 보며 후회하고 맺힌 한을 삭이네

꽃잎 날릴 때쯤 꽃잎에 적어
찬란한 봄소식이 아닌
슬픈 이 마음 띄워 보내리

# 꽃길에 꽃비 내리던 날

꽃길을 즐기자던 그대의 약속
벌써 꽃구름은 너울너울 춤을 추는데


코로나 때문 몸 사림일까
사회적 거리 두기 핑계일까
애타는 기다림만 깊어만 가네


봄날은 하루하루 밀려가는데
황홀한 꽃 터널은 그 누구와 거닐까


꽃눈이 날리기 전 달려온다면
미소 담긴 콧노래도 함께할 텐데

꽃눈이 꽃비 될까 멍든 가슴은
지친 마음 흔적 백지로 쓰고
외로이 추적추적 꽃비를 맞네

# 마지막 선물

시야에 펼쳐진
검푸른 들녘
아침이슬 가르며
정성스레 살피더니
신이 주신 융단인 양
곱디 고와라

님의 온기 서리서리
얽힌 듯 설킨 듯
이리 보고 저리 봐도
푸른 광야뿐
가신 님은 허공에서
나를 유혹하는가

바람에 밀려 밀려
청옥 같은 푸른 물결
내 곁을 맴도는
님의 거친 숨결 같아

여보 사무치게 불러 봐도
애절한 메아리만
빈손으로 돌아와
쓰라린 아픈 가슴
찢어진 듯 아려오네

님 생각에 방황하는
처절한 내 모습

실바람에 휘청일 땐
눈물마저 마르네


푸른 물결 따라 이어
황금물결 일렁일 때
님이 주신 마지막 선물
유리알 같은 알알들
눈물로 씻어 님의 제단에 올리옵고
향불 연기 드리우면
떨리는 손끝으로 술 한 잔 따르고
꺼질듯한 한숨에
흐느끼며 님 맞으리

# 애절한 울음

7월
짙은 어둠이 깔린
고요한 밤

오늘따라
구슬픈
뻐꾹의 울음

집 나간 남편의 한이 서린
울 엄마의 설움인 듯
슬픔이 젖어드네

눈물겨운 슬픈 사연

요동치는 분노는
가슴 두드려 달랬었지

심금을 울리는
이 울음
창문을 두드릴 적마다
어머니의 가슴은
하얗게 타 버렸겠죠

# 그리움이 젖어 드는 길

몇천만 송이가 날려 보내는
꽃 미소 터널

잠시
공주가 되어
미소를 날리며
꽃길을 걷고 있네

화들짝 웃는 꽃 송이송이
소곤소곤 자기들만의 속삭임

그 님들에 취해
발걸음을

멈출 수밖에 없었던 나
대화도 가능할 것 같은
꽃을 닮아가는 이 순간
살며시
그리움이 젖어드네

아름답고 순결한
찬양의 음률이 흐르는
이 꽃길

끝이 없음의 바램은
나만의 사치일까?

# 슬픈 사연 애절한 마음

피는 물보다 진하단 말 누누이 들어왔지만
형제간 핏줄이란 사슬은 그 누구도 끊을 수 없는 것
서로 감싸주고 도우려 하며 서로 배려함은
그냥 사소한 의리와 정으로만 알았었지

정년 퇴임 후 나름대로 즐기며
세월과 막힘없이 흘러가던 어느 날
"누님, 나 에베레스트산 여행 간다~"
"야 좋겠네~ 근데 좀 위험하지 않을까?"
"일반인들의 등반코스라 할 만 하대"
"그럼 조심해서 잘 다녀와" "조심해라"
무심히 그 말 두 마디만 흘렸었지
내일이면 돌아오리란 기다림에

갑작스럽게 날아든 비보
'사망'이라는 날벼락 같은 소식은
꿈결인 듯 나를 암흑세계로 사정없이 밀쳐 넣고
촉목상심하는 내겐 막을 수 없는 피눈물이
빗물 되어 흐르고 있네
잘 다녀오겠단 약속은 허공에 흩어지고
생생한 그 모습들은 추억 속으로 파고들어
찢기는 아픈 가슴이 더더욱 아려 오네

어찌 어찌하여 우리에게 이런 일이…
이토록 가슴 저며옴은
피가 물보다 진하기 때문이려나

(2019년 봄 막냇동생을 떠나보내며)

# 천상의 그 님에게
## ― 언니를 그리워하며…

그곳은 어떠신가요? 근심 걱정 없어 심신이 편안
하시지요?

교육자라는 숭고한 위치에서 천진난만한 양 떼
몰이에 지칠 줄 모르는 그 님은 고단한 시집살이,
직장생활, 쌍둥이 육아, 딸 병 수발, 민주화 투사
인 아들 뒷바라지 등 누구보다 마음고생이 많았
습니다.
산전수전 겪으면서 그 와중에도 식을 줄 모르는
학구열에 야간 대학까지 졸업하고 전진하였기에
여자 교장까지 승진한 그 님은 너무나 존경스러운
선망의 대상이었습니다.

오직 근검절약을 생활신조로 평생을 자신의 건강
과 사치엔 무관심한 그 님은 많은 사람들에게는
금전적으로나 물질적으로 베풀고 후한 나눔이 일
상이었기에 남을 위해 탄생한 일명 '구세주'였습
니다.

남아선호사상 때문에 아들 낳으려고 4녀 1남을
둔 나의 찌든 생활이 안쓰러워 나에게는 상상할
수 없는 금액을 주셨었죠. 그런데 은혜를 갚지 못
한 빚쟁이가 되고 말았습니다. 보은을 하려는데 기
다려 주시지 않았다고 말하면 구차한 변명이겠지
요? 너무너무 고마운 그 님은 나의 은인입니다. 자
식에 대한 철두철미한 희생은 남달랐고, 바른길로
이끈 모범적인 산 교육을 본받은 자식들이 모두 출
세하여 만인의 어머니들이 부러워했습니다. 나도
그 누구의 한 어머니이고 모든 부모가 자식에겐 최
선을 다하지만 그 님의 희생정신을 우러러보았을

뿐 나에겐 넘을 수 없는 큰 산이었습니다.

정년 퇴임 후 전원주택에 둥지를 틀고 파킨슨병과 싸우면서, 텃밭에 무공해 채소를 가꾸어서 아낌없이 나누어 줌과 받으며 고마워하는 그들의 모습에 고된 일에도 삶이 즐겁다 하셨지요? 진정 그 님은 다정다감한 자비로운 선녀입니다. 호미 자루 쥐고 사는 그 님을 누구는 취미로 하는 것이라고 감상적으로 말했지만, 밭두렁 농사일은 끝이 없는 고된 육체노동이란 걸 난 알지요. 저승사자가 뒤따르는 줄도 모른 채 풀을 뽑다가 그 님은 작열하는 태양 아래, 지난여름 다시는 돌아올 수 없는 다시는 보고파도 만날 수 없는 영원한 곳으로 냉정하게 떠나셨네요. 갑작스러운 이별이라 아쉬움과 안타까움은 말로 다할 수 없지만, 인생의 순리라기에 그저 말없이 눈물로 보내드려야 했습니다.

벌써 1주기가 돌아오네요. 가정의 달 5월, 파란 하늘에서 그 님의 발자취가 더욱 눈부시게 다가옵니다. 이젠 텃밭이 아닌 꽃밭에서 예쁜 모습으로 꽃길만 걷고 있겠지요?

언제가 될지는 모르겠지만 우리 천상에서 만나는 날, 얼싸안고 함박웃음 지으며 못다 한 이야기 나누어요. 지금이라도 부르면 곧 대답해 줄 것만 같은 그 님!

존경합니다.

사랑합니다.

보고 싶습니다.

_ 남동구 노인복지관, "제1회 가정의 달 맞이
손편지 공모전"(2023년, 장원 수상작)

IV

그리 그리 살다 가리

# 황금 평야의 셈법

시야에 펼쳐진 황금 평야
흥부에겐
그림의 떡
분주한 개미들에겐
양식의 창고

뭇사람들에겐
시를 읊어주는
서정적 예술의 한 페이지

셈법이 서로 다른 황금 평야

# 미련

사무치게
그리움이 밀려오고
흐려진 추억마저
되살아나네

잊으려 묻어버린
모든 사연들
안개처럼
새록새록 피어오르니

미련은
마르지 않는 샘물인가 봐

# 그리 그리 살다 가리

그리
싱싱했던 심신
모진 세월 겪고 나니

쇠약해진 근력
희미해지는 기억력
외모로부터 추한 모습

생의 순리로 받아들이기엔
마음이 허락하지 않네

그러나
세월을 거스를 수 없어

그리 그리 살다 가리
벌써
낙엽은 뚝 뚝 떨어지네
삶의 신음 소리와 함께

# 현실에의 갈증

별 헤이던 칠흑 같은 초가을 밤
낭만적인 귀뚜라미 울음소리
쏜살같이 내리꽂는 별똥별
반딧불의 유연한 공중 쇼 향연도 보이질 않네

쏟아질 것 같던 수많은 별들도
공해와 도심의 불빛에 사라져버렸네

파노라마처럼 스쳐 가는
소박한 그 시절이 그리워짐은
쇠약해져 가는 자신과
각박한 현실에 대한 갈증이련가

# 별과의 대화

밤하늘의 수많은 별들에게
나의 희망을 속삭였고


밤하늘의 수많은 별들에게
나의 소원을 간절히 빌었지


밤하늘의 수많은 별들은
내 좌절에 얼마나 많은
깊은 한숨을 토해 냈을까


밤하늘의 수많은 별들은
내 원망과 좌절에
가슴 아파 검게 멍들었겠지

밤하늘의 수많은 별들은
내 슬픔에
애절한 눈물을
또 얼마나 흘렸을까

밤하늘의 수많은 별들은
내 기쁨엔
유난히 빛을 발했네

내 생의 조각배는
별바다를 항해하며
내 삶을
이렇게 주고받았네

별은
나의 독백을 품어주는
허물없는 친구야

# 악마가 된 비

우주 생물에 없어서는 안 될
산소 같은 존재
이 비

무참하게 퍼붓더니
역설적인 수마로 변해 버렸네

회색빛 긴 장마는
나를
우수에 찬 허수아비로 만들고

폭우는
사망 실종 재해

슬픔의 회오리바람으로 휘감았지
만물의 영장이라지만
자연의 힘에 꺾일 수밖에 없는
허약함에 회의를 느끼네

하지만
오랜만에 유리창에 쏟아지는
햇살다운 햇살

그 위대함에
자연과 동화되어
그리 살리라

# 산사를 찾던 날

나 어릴 적
뒷짐 지고 걸으시던 이웃집 할아버지
왜
저렇게 걸으실까?

가을 소풍 갔던 날 꼬부랑 할머니
왜
힘드신데 산사에 오셨을까?

모든 의문이 풀렸네

내 나이 거기에 이르고 보니
뒷짐 지고 걸으니 허리가 펴짐을

옛날을 회상하며 따라나섬은
고운 단풍이 보고 싶어지고

둘레둘레 단풍 보며
미소 환한 할머니의 모습
아련한 그 모습에 담긴 마음으로
나도 여기 와 있네

# 어느 노파의 염원

다사다난했던 한 해의 서막이 내려지는 날
제야의 타종이 울려 퍼지기 몇 초 전
내 아들 나이 오십이 되는 순간이란다

딸 넷에 참 어렵게 난 외아들
보석보다 더 소중한 내 분신

전쟁이란 광풍에 휩쓸려
공든 탑이 무너질세라
아득히 먼 이십 년 미래를 걱정했었네

어느덧 반세기가 지나 손자가 입대할 나이
통일은 안개 속 유령처럼 보이지 않고

평화적 통일은 나의 계산으론 답이 나오질 않네
각처의 시냇물도 흐르다 보면 바다에 담겨
같은 농도의 푸른 색깔로 어우러지건만
남과 북은 언제쯤 잔잔한 푸른 바다가 될까?

# 나의 묘비명

미지의 세계로 떠나는 몸
현실을 악물고 살았지만
무소유로 떠납니다

# 유통기한

1940년생, 팔십이 훨씬 넘었다.

유통기한 넘었단 소리, 농담 삼아 종종 들었다.

유통기한 넘으면 버려진다는데, 이 몸은 버릴 정도는 아닌 것 같다. 인간에게도 유통기한이 있다는 것인가? 실소를 금할 수 없었다.


유통기한 딱지를 뗄 수는 없을까?

세월을 역류해야만 할 수 있는데, 그것은 불가능한 일이 아닌가?


어느 날 "읽기를 시작해서 지혜를 쌓고, 걷기로 신체적 건강과 사유하는 힘을 기르고, 쓰기로 자신과 타인과 소통 공감하기"란 지하철 광고판을 보았다.

그래, 읽고 걷고 쓰는 것은 인생 살아가는데 풍요롭고 윤택한 삶의 지침이다. 이것을 실천하는 것이 누구에게도 뒤지지 않는 삶의 근본이기에, 이제부터 허덕이던 삶에서 벗어나 실행에 옮겨볼까 마음먹었다.

첫 번째, 읽기부터 시작해 지식과 지혜를 쌓아볼까 하여 시집 한 권을 골라 조용히 펼쳤다. 안경을 바로 쓰고 몇 장을 읽어보니, 눈이 침침하여 보이지도 않고 흐릿한 글씨는 겹쳐 보여서 읽기도 순조롭지 못했다.

두 번째, 걷기로 건강을 지키려고 내 나름, 각오를 단단히 하고 간단한 운동복 차림으로 길을 나섰다. 당당한 마음가짐이 젊어진 것 같아 발걸음이 가벼웠다. 그러나 20분 정도 걸었을까? 가벼운 발걸음에 무게가 실리기 시작해 허리가 굽어진 듯했고, 무릎은 시큰시큰 힘들어지기 시작했다. 이것마저 무리가 오는 것 같아 덜컥 겁이 났다.

세 번째, 쓰기로 들어갔다. 추억마저 희미한 옛 친구에게 현재 내 생의 한계를 서글픈 편지 한 장으로 보내 볼까 하여 펜을 들었다. 추억을 되살리며 잡은 펜은 수전증이 있어 삐뚤삐뚤 웃픈 글씨였고, 글씨도 아닌 것이 그림도 아닌 추상적 어린이의 낙서 같았다.

그저 당당하고 건강하다고 자만했지만, 만사가 내 뜻과 마음에서 점점 멀어져감에 슬픔이 젖어 들었다.


정말 유통기한이 지나서일까?

내 생의 여정에 죽음의 서막이 거의 다 내려온 것임을 알려주는 것일까?

스러져 가는 생이 슬프다고 말하면 과욕일까?

의문의 물음표가 줄줄이 이어지는 것을 보니 이젠
유통기한 허물을 벗기 힘겨워졌나 보다.
태어나면 언젠가는 저승으로 가야 한다는 순리에
스스로 순응할 수밖에 없는 것 같다.
늦었지만 지금 바로 읽고, 걷고, 쓰는 습관이 유통
기한을 극복하는 지름길 일 게다. 하지만 모두가
힘에 딸리니 어찌할까?
낙조에 가까운 여생의 허무함에 무거운 한숨이 지
면을 적시네….

_ 2023년 인천시 교육청 시행

"새얼백일장"(장려상 수상작)